그리운 날이면 그림을 그렸다

그리운 날이면
그림을 그렸다

나태주 시 임동식 그림

열림원

바람을 안고 올랐다가
해를 안고 내려오는 길

그림 수도승

임동식 화가와 나는 1945년생. 해방둥이, 동갑내기. 을유생, 닭띠. 임동식 화가는 그림 그리는 사람이고 나는 시 쓰는 사람. 열여섯 열일곱 고등학교 시절부터 그림을 그리고 시를 써서 이제 일흔 살을 넘기고 여든 가까이 되어가는 사람들.

그러나 임동식 화가는 너무나도 나하고 달라 내가 너무 미안한 사람. 내가 가진 것을 임동식 화가는 거의 하나도 가지지 않고 살아왔기 때문. 우선 임동식 화가는 아내가 없는 사람. 그러므로 자식도 없는 사람.

그렇다고 일정한 일터가 오래 있었던 것도 아니어서 나처럼 정년퇴직 같은 것도 해보지 못한 사람. 그 어떤 사회활동도 하지 않고 미술활동 외 어떤 모임 같은 데도 가지 않은 사람. 임동식 화가는 오로지 화가 그것일 뿐인 사람. 화가 하나로 시작하고 화가 하나로 끝나는 사람.

어떤 의미에서 임동식 화가는 한 사람 철학가인지도 모른다. 철학하는 마음으로 그림을 그렸는지도 모른다. 철학이란 인생 전반에 대해서 깊이, 그리고 맑게 생각하는 마음 자체다. 어떻게 살고 어떻게 죽을 것이며, 끝내 어떻게 남을 것인가를 궁구窮究하는 것이 철학이라고 할 때 임동식 화가의 그림은 그 자신 인생 철학의 결과인지도 모른다.

그런가 하면 임동식 화가는 그림으로 수도하는 사람. 그림 수도승. 한국 천지에 이런 사람 또 있을까. 세계를 두루 살펴도 이런 사람은 드물 것이다. 오로지 거룩한 심정 하나로 그에게, 그의 그림에게 시를 드린다. 그래서 그의 그림과 더불어 이 책이 되었다.

언제부터인가 나는 그의 그림에서 시를 읽어내고 싶었다. 모름지기 좋은 시에는 그림이 들어 있고 좋은 그림에는 시가 들어 있기 마련. 나는 그가 그림 속에 숨겨놓은 시들을 찾아내야만 했다. 이 책은 그런 점에서 화가 임동식에게 드리는 오마주hommage의 산물이라 하겠다.

지구라는 별. 그 가운데서도 한국이라는 나라. 공주라는 고즈넉한 도시에서 만나 한세상을 함께 산 두 사람. 이 책이 피차에게 좋은 기념물이기를 바란다.

2022년
나태주 씁니다.

1

서로 다른 계절의
두 사람

화가 임동식

나무를 사랑해
나무를 그리다가
끝내 나무가 되어버린 사람

산과 들과 강물을 사랑해
산과 들과 강물을 그리다가
끝내 산과 들과 강물이 되어버린 사람

그를 우리는 오늘
화가라 부른다
공주의 화가를 넘어
대한민국 화가라 부른다.

그냥 소년이다

세상에 처음 태어난 그냥 그대로
소년의 가슴이요
소년의 눈빛이요
소년의 그리움
그 가슴과 눈빛과 그리움으로
세상을 그리고
세상을 사랑하고
끝내 세상을 껴안았네
나무를 사랑하되
나무를 상처 나지 않게
산과 강물을 사랑하되
산과 강물을 슬퍼하지 않게
다만 겸손히 공주의
산하를 그리고 싶었지만
그 산하 한국의 산하가 되고
드디어 세계의 산하가 되었네
소년이여 영원하라

칠십 먹은 소년
이제는 팔십 먹은 소년
앞날에 구십 백 년의 소년
소년의 넋을 모아 그림이여
그대 더욱 영원하라
소년이 세상에 없는 날, 그날에도
오래오래 살아서 영생하라.

산토끼,
2005, 227.3×181.8cm, 캔버스에 유채,
서울시립미술관 소장

토끼야 놀자

토끼야 토끼야
나하고 놀자

사람이 토끼하고 놀려면
사람이 토끼를 닮아야지

옷도 부스스
토끼털 같은 옷 입고

머리칼도 더부룩
토끼 머리칼을 하고

그래 그래 무엇보다
토끼 귀를 닮아야지

굴참나무 이파리
떼어서 귀에다 달고

내 귀는 토끼 귀
내 귀는 토끼 귀

토끼야 두 눈을 감고
나하고 놀자.

1975 여름의 기억,
2015-2016, 227.3×181.8cm, 캔버스에 유채

실험가

임동식 화가는 실험가
색깔과 선과 모양으로
실험하고 싶어 하는 사람

색깔의 과학자
선과 모양의 과학자

어떻게 어둠을
그림으로 그릴 수 있었을까?

아니, 아니
어떻게 어둠 속에서 빛을
데리고 나올 수 있었을까?

임동식 화가는
흑색을 밝음으로 바꾸고
노랑이나 백색을

어둠으로 바꿀 줄 아는 사람.

고개 숙인 꽃과 마주한 인사,
1992-2003, 116.8×91cm, 캔버스에 유채,
아르코미술관 소장

수선화에게 인사

안녕, 친구들
다시 새날
만나서 반가워

안녕, 친구들
밤사이 잘 잤어?
다시 새날이고
첫날이야

다시 새날이고 첫날에
새 사람과 첫 사람으로
만나서 반가워

와, 친구들
모두들 나를 향해
고개 숙여 인사를 하네

어쩔 수 없이 나도
친구들 향해
인사를 해야지

오늘 하루 우리 서로
잘 부탁해요
허리 숙여 공손히!

거북이와 고목,
1992–2003, 116.5×90.5cm, 캔버스에 유채,
개인 소장

놓아주자

저 사람 누구냐?
저 사람이 거북이라고?
왜 저 사람이 거북이인가?
사람은 사람이지만
거북이처럼 맨몸이고
거북이처럼 엉금엉금 기어서
거북이라는 거지
그렇다면 왜 저 사람은 거북이
흉내를 내는가?
거북이가 좋아서 그렇겠고
거북이가 되어보고 싶어서
그렇겠지
때로 저 사람은 겉 사람으로 살다가
속 사람으로도 살고 싶은 사람
그렇다면 저 사람은
정직하고 선량한 사람
용기 있는 사람

놓아주자, 저 사람을
수풀 속에 놓아주자
한 마리 거북이로
그냥 놓아주자.

숲속에

풀 냄새 좋다
나무 냄새 좋다
거추장스러운 옷을 벗자
인간을 벗자

나는 그대로 자연
한 마리 짐승이어서 좋다
짐승이라면 착하고
어지신 거북이

기어라 엉금엉금
저만큼 어지신
어른 한 분 계신다
오래 기다린 나무 한 그루

엄마 엄마 엄마
나는 그대로 아기다.

꽃들아 안녕

꽃들에게 인사할 때
꽃들아 안녕!

전체 꽃들에게
한꺼번에 인사를
해서는 안 된다

꽃송이 하나하나에게
눈을 맞추며
꽃들아 안녕! 안녕!
그렇게 인사함이
백번 옳다.

고개 숙인 꽃과 별빛에 대한 인사,
2013, 91×65cm, 캔버스에 유채,
아트센터화이트블럭 소장

본춘이와 화가 아저씨 - 겨울,
1995 - 2002, 162.2 × 130.3cm, 캔버스에 유채,
대전시립미술관 소장

두 사람

한 사람 곁에
또 한 사람 있었네

다른 길로
돌아서 왔지만

끝내는
한길에서 만난

서로 다른 계절의
두 사람

꽃이 피는 일은
꽃이 지는 일

앞서거니 뒤서거니
인생은 파노라마.

친구가 권유한 양쪽 방향,
2009-2012, 234×91.5cm, 캔버스에 유채,
개인 소장

그날

하늘이 열려
땅이 생기고

땅이 생겨
산과 들과 강이 숨 쉬고

인간의 마을 또한
그 안에 깃들어

누구도 몽니 부리지 않고
어울려 살던 시절

산은 산대로 의연毅然하고
강은 강대로 유장悠長하던

꿈결 같던 옛날이
거기에 있기도 했단다.

혼자의 기쁨

아무도 오가지 않는 산
산기슭
아무도 보지 않는 나무
나무 아래

꽃을 심어 가꾸는
마음속 외진 곳에
꽃을 심어 가꾸는 일

누가 알리
혼자만의 기쁨
햇빛이 알아주고
바람이 알아주면 되지

나 오늘 새소리와
마주 앉아서 논다
꽃 보며 논다.

원골에 심은 꽃을 그리다 3,
2019-2020, 227.3×181.8cm, 캔버스에 유채,
서울시립미술관 제작지원, 개인 소장

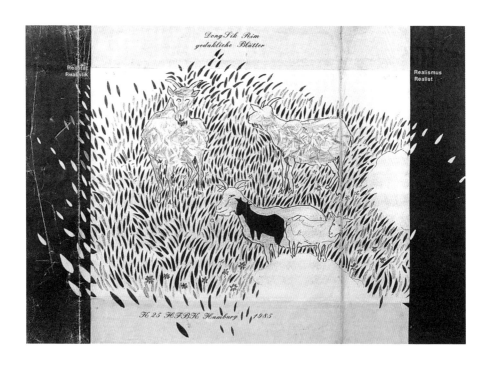

관계로의 사실회화 단상 - 염소,
1985, 29.7×21cm, 재독在獨 시절 드로잉

평화

네 안에 내가 있고
내 안에 네가 있다

너와 나는
하나

백색 속에 흑색이 있고
흑색 속에 백색이 있다

그렇다면 백색도
흑색도 하나

너는 나이고
나는 또 너이다.

소년과 그의 오십여 년 후 손,
2007, 46×53cm, 캔버스에 유채,
개인 소장

슬픔

손은 알고 있다
그 손의 주인
어렸던 시절
보시시 어렸던 얼굴
맑고 빛나는 눈동자
부드러운 피부

주름진 손으로 다만
토끼를 쓰다듬는다
주름진 손등
마디 굵은 손가락
손은 모든 순간을
기억하고 있다

다만 침묵할 뿐이다.

풀밭을 달려온 사람들,
2006-2007, 116.7×91cm, 캔버스에 유채

소년 시대

와
와, 와

누군가를 향해서랄 것도 없다
어디에 표적이 있었던 것도 아니다

그냥 소리 질러보는 것이다
그냥 내달려보는 것이다

나무 꺾어 창을 삼고
돌을 묶어 도끼 삼고

우리는 원시인
우리는 태초인

발가벗은 마음으로
발가벗은 몸으로

풀밭에 맨몸으로 쓰러지고
싶던 시절이 있었다.

엿장수 보이던 풍경,
2010, 91×65cm, 캔버스에 유채

그리운 시절

핫바지 입고
핫저고리 입고
오오 추워라

멀리 산을 넘어
들을 건너
오던 때

절경절경
가위 소리 함께
엿장수 아저씨

봄을 데리고
엿목판 지고
찾아오던 날

누나들 엄마들

개울가에 나와
빨래를 하고

우리들은 좋아라
헌 물건 들고나와
엿 바꾸어 먹던 날.

자연예술가와 화가,
2010, 224×194cm, 캔버스에 유채

지상에서의 며칠

때 절은 종이 창문 흐릿한 달빛 한줌이었다가
　바람 부는 들판의 키 큰 미루나무 잔가지 흔드는
바람이었다가
　차마 소낙비일 수 있었을까? 겨우
　옷자락이나 머리칼 적시는 이슬비였다가
　기약 없이 찾아든 바닷가 민박집 문지방까지 밀
려와
　칭얼대는 파도 소리였다가
　누군들 안 그러랴
　잠시 머물고 떠나는 지상에서의 며칠, 이런저런
일들
　좋았노라 슬펐노라 고달팠노라
　그대 만나 잠시 가슴 부풀고 설렜었지
　그리고는 오래고 긴 적막과 애달픔과 기다림이
거기 있었지
　가는 여름 새끼손톱에 스며든 봉숭아 빠알간 물
감이었다가

잘려 나간 손톱조각에 어른대는 첫눈이었다가
눈물이 고여서였을까? 눈썹
깜짝이다가 눈썹 두어 번 깜짝이다가…….

세상이 밝아왔다

맨땅에 쭈그리고 앉아서 오래
생각하고 또 생각했다
모든 일 접고
돌아올 것인가 말 것인가
되는 일도 없고 안 되는 일도 없는
도회지 생활
시골 떠나 떠돌며 살던
하루하루 고역의 날들
화끈하게 접어버리고
돌아와야 할 것인가 말 것인가
정작 돌아왔다가 다시
떠나게 되는 건 아닐까?
저물어가는 들판을 보며
어둑한 멀리 하늘이며 산을
건너다보며 오래
망설이고 망설였다
그래 돌아오는 거다!

결심이 서자 벌떡
자리에서 일어섰다
대번에 세상이 밝아왔다
산이 밝아지고 들이 밝아지고
하늘까지 밝아졌다.

귀농 당년,
2009 - 2011, 104×74.5cm, 캔버스에 유채

농촌으로 온 사람들,
2010–2012, 91×65.2cm, 캔버스에 유채

배반은 없다

인간은
뒷모습일 때만
진실하지만

자연은
앞모습일 때도
여전히 진실하다.

들깨밭 보이는 풍경,
2013, 73×50.5cm, 캔버스에 유채,
개인 소장

산전山田

멀리
마곡사
종소리 솔바람 소리가
피운 메밀꽃
들깨꽃

허리 구부려 종일
밭을 일구고 계신
아버지 어머니
당신들
피우신 꽃은
어떤 꽃이었나요?

친구가 권유한 금강 풍경-여름,
2003-2006, 116.5×90.5cm, 캔버스에 유채,
개인 소장

유현 幽玄

처음 보는 순간 가슴이 철렁! 했다
저 너머 저 너머 무언가가 있다
이생이 아닌 또 하나의 생
현실이 아닌 또 하나의 현실
분명히 알 수는 없지만
분명히 없다고 말할 수는 없는
그 어떤 나라가 있다
저 나라에 가야 한다
끝끝내 저 나라에 도달해야 한다
다리를 건너서도 갈 수 없는 나라
철벙철벙 강물을 지나서도 갈 수 없는 나라
저 나라를 나는 오늘
무엇이라 이름해야 좋을 것인가?
아무려면 어떠랴
그냥 본질
스스로 그러한, 그대로 자연
놓아주어도 좋으리

보는 순간 마음이 아뜩! 했다
가슴을 쓸어내리고 싶은
안도安堵와 감개感慨가 함께
거기에 있었다.

친구가 권유한 풍경,
2004-2006, 90×65cm, 캔버스에 유채,
개인 소장

청춘

오래 사시어
늙으신 할아버지
할아버지 나무

봄이면 여전히
새싹을 내밀고
여름이면 또
햇빛을 부르고
바람과 비를 만나
노래하니 여전히 청춘

가을 되어
낙엽 져도 좋고
겨울에 흰 눈에
덮여도 좋으리.

친구가 권유한 고목 – 여름 비가 내린다,
2004 – 2007, 91×73cm, 캔버스에 유채,
개인 소장

친구가 권유한 고목 - 겨울 1,
2004 - 2007, 91×73cm, 캔버스에 유채

친구가 권유한 고목 - 겨울 2,
2004 - 2007, 91×73cm, 캔버스에 유채

우정 1

거울의 유리 밖으로
튀어나온 사물들

사실 너머의 사실
현실 너머의 현실

바람 소리가 들리고
문득 풋내까지 번진다.

우정 2

그림은 때로 불가능을
가능으로 바꾸기도 한다

보아라, 수없이 많은
저 나무 잎새 하나하나

땅을 향하고 있는 것 같지만
실상은 미세하게 조금씩

하늘을 향해 고개 들고 있었음을
그대 놓쳐서는 안 되리라.

친구가 권유한 방흥리 노목 - 남,
2004-2006, 90.9×72.7cm, 캔버스에 유채,
스페이스몸미술관 소장

친구가 서 있는 풍경,
2005, 90×65cm, 캔버스에 유채,
개인 소장

아버지의 집

아버지, 저 너무 늦게 돌아왔습니다
아버지는 꼬박꼬박 월급봉투 모아
논이라도 몇 마지기 사달라 그러셨지만
실은 저 혼자 쓰며 세상 살기에도
주머니 속은 턱없이 허전했고
제가 떠돌아다닐 세상은 너무나도
넓고 거칠었습니다
황막한 들판이었고
성난 파도 울부짖는 바다였습니다
아버지, 저 이제 빈손으로 돌아왔습니다
나이 들어 구부정한 허리로 돌아왔습니다
그래도 아버지 그 자리에 옛 모습
그대로 계셔주시니 좋네요 반갑네요
아버지 이제 집 안으로 들어가셔요
함께 저녁밥 드실 시간이어요.

친구가 권유한 풍경 – 일몰,
1999 – 2006, 116.5×90.5cm, 캔버스에 유채,
개인 소장

저녁 강

새들도
이미 없네

하루의 노역을 벗고
지는 해 붉은 목숨

혼곤하여라
감기는 눈꺼풀.

비단강

그냥 도랑물처럼 졸아붙은 강이 아니다
그렇다고 노하여 범람하는 강도 아니다

산과 들판 인간의 마을 사이에 두고
벙벙하게 맑고 깊은 물 가슴에 안은 강이다

하늘과 친하고 산과 친하고 나무 나무
풀들하고 친하고 사람과도 버팅기지 않는 강이다

거기 평화가 있었단다
사랑이 있고 용서가 있고 풍요가 있었단다

비단 피륙 풀어서 천리만리
서러움도 기쁨도 없이 다시금 천리만리

어디선가 어머니 어머니 젊으신 어머니
들릴 듯 말 듯 하시는 말씀을 듣는다

애야 날 저물었다 밥 먹어라
밥 먹으러 빨리 집으로 돌아와라.

친구가 권유한 풍경 – 향나무 2,
2007, 52.8×41cm, 캔버스에 유채,
개인 소장

설일 雪日

두세두세
어디선가
이야기 소리

사락사락
어디선가
눈 내리는 소리

사람과 나무가
그렇게도 정답게
이웃하던 날은 없었다.

친구가 권유한 풍경 – 향나무 3,
2004–2007, 73×53cm, 캔버스에 유채,
아산사회복지재단 소장

2

겨울 없이
어찌 봄일 수 있을까

친구가 권유한 풍경 – 죽림리 가는 길,
2005 – 2007, 73×53cm, 캔버스에 유채,
개인 소장

그리움 1

쓸쓸한 날은 그림을 그리고
외로운 날은 음악을 들었다
그러고도 남는 날은
너를 생각해야만 했다.

친구가 권유한 풍경 - 안영리 가는 길,
2005-2007, 73×53cm, 캔버스에 유채,
개인 소장

그리움 2

가지 말라는데 가고 싶은 길이 있다
만나지 말자면서 만나고 싶은 사람이 있다
하지 말라면 더욱 해보고 싶은 일이 있다

그것이 인생이고 그리움
바로 너다.

상사초,
1998, 40.9×31.8cm, 캔버스에 유채,

상사 想思

보고 싶어요 고우신 당신
듣고 싶어요 어여쁜 당신
이제는 천리만리 멀어진 당신
생각 속에 보일까 눈을 감아요
꿈에 보일까 잠이 들어요

어찌하여 우리는 이다지도
만나지 못하는 운명인가요?
그대 올 땐 내가 자리 비우고
찾아가면 그대 또한 없지요
손을 잡아요 이 손 좀 잡아주셔요.

친구가 권유한 봄비 나리는 곰나루,
2009-2012, 234×91.5cm, 캔버스에 유채,
개인 소장

비

비는 민주주의자다
모든 목숨을 평등하게
자유롭게 해준다

비는 평화주의자다
역시 모든 목숨을 평등하게
자유롭게 해준다

비를 맞으며 너를
생각하는 날이 여러 날
너도 나를 생각하고 있었을까?

거리감

가까이 오셔요

둘이 함께 나란히 서서
나뭇잎 싹 트는 소리를 들어요

우리가 모르는 곳 어디쯤
꽃들이 피고 있을지도 몰라요

사람들 알아들을 수 없는
깔깔 웃음소리 들릴지 몰라요

아니에요
그만큼 서 계셔요

그만큼에서면
산이 더욱 의젓하게 보이고

보일 듯 말 듯 강물이
더욱 예쁘게 보일 거예요

그건 정말 그래요
당신, 너무 가까이는 오지 마세요.

별밤에

별빛이 소낙비처럼
쏟아지는 밤

굴참나무 잎새 두 개
따다가 귀에 대면

내 귀는 그대로
우주의 안테나

맑게 살리라
사랑하며 살리라

은하수 밖 태양계 밖
우주의 소리를 듣는다

그래 그래 그래
산들이 고개 끄덕여주고

강물도 입술 반짝이며
엿듣고 있다.

산토끼 되어 양구의 별빛 아래 서다,
2020-2021, 227.3×181.8cm, 캔버스에 유채

친구 정군이 권유한 바람 쐬는 날 2,
2010-2012, 104×74.5cm, 캔버스에 유채,
개인 소장

좋은 날

바람 좋은 날
구름 좋은 날
사람도 좋아진다
짐승까지도 좋아진다
이런 날 좋아지지 않고
어찌 배겨날 수 있으랴
나무 좋다
풀들도 좋다
모두가 순해진다
고른 숨을 쉰다
멀리멀리 뻗어
산을 넘는다
마음의 고개를 넘는다.

친구 정군이 권유한 바람 쐬는 날 1,
2010-2012, 104×74.5cm, 캔버스에 유채,
개인 소장

흰 구름

안기고 싶어요
그 말 한마디에

와락

무너져 내린
하늘도 있었다.

친구가 권유한 고목 – 봄,
2006-2007, 91×73cm, 캔버스에 유채,
개인 소장

안개

흐려진 얼굴
잊혀진 생각
그러나 가슴 아프다.

오름길 1 – 이른 아침에 오르다,
2011–2012, 104×74cm, 캔버스에 유채,
국립현대미술관 소장

뒷짐

뒷짐을 지고 세상을 보면
풍경이 잘 보인다
길이 환하다
오름길도 그다지
숨차지 않다

뒷짐을 지고 세상을 보면
나 자신이 보이기도 한다
나무 나무 나무
나무가 나이고
풀잎 또한 나이다

무겁게 안고 있던 마음의
근심 걱정들 내려놓고 싶어진다
문득 세상과도 화해하고 싶어진다
용서하지 못할 일들까지
용서하고 싶어진다.

오름길 4 – 오름길 정상에서 나무꾼을 바라보다,
2011–2012, 104×74cm, 캔버스에 유채,
국립현대미술관 소장

하오의 한 시간

바람을 안고 올랐다가
해를 안고 내려오는 길

검정염소가
아무보고나
알은체 운다

같이 가요
우리 같이 가요

지는 햇빛이
눈에 부시다.

비단장사 왕서방 – 고층매장,
2010, 162×130cm, 캔버스에 유채,
개인 소장

응시

호령호령하던 시절이 있었다
어깨에 힘을 넣고
뻐기던 시절이 있었다

공주라 유구 땅
산 좋고 물 좋은 고장
북한에서 대처에서
피난 온 사람들
지악스럽게 일해서
공장을 세워 옷감을 짜던 시절

부여에는 삼천궁녀요
유구에는 삼천공녀란
허튼소리까지 늘어놓으며
거리 거리가 온통 흥청거리고
밤에도 대낮같이 밝던
시절이 있기는 있었다

그러나 이제는 그 사람들
그 많던 사람들
다 어디로 갔나?
불빛은 꺼지고
공장의 기계 소리 멈추고

다락같이 높은 가게
왕서방네 비단가게에
무지갯빛 비단 피륙만 키를 재며
손님을 기다리고 있지만

오라는 손님은 오지 않고
창밖에 빗줄기만 내리고 있어
주인도 비를 바라보고 있고
점원도 비를 바라보고 있을 뿐이네.

비단장사 왕서방 - 소매장,
2008-2011, 227.3×181.8cm, 캔버스에 유채,
부산시립미술관 소장

손님

모처럼
손님이 들었다

그것도 예쁜
아가씨가 두 사람

물건이
안 팔려도 좋다

비단 피륙을 안고 있는
사람이 더 꽃 같아

바라보고 있는 것만으로도
기분이 좋아진다.

비단장사 왕서방 – 전원매장 – 가을,
2015 – 2016, 90.9 × 72.7cm, 캔버스에 유채,
아트센터쿠 소장

고양이 함께

할머니 할머니
비단이 안 팔려
어쩌면 좋아요

그러게 말이다
오늘도 종일
사람 그림자 하나
보이지 않는구나

너라도 내 곁을
지켜줘서 고맙구나.

비단장사 왕서방 – 도시의 밤에 불 되어 퍼지다 1,
2015-2016, 90.9×72.7cm, 캔버스에 유채,
개인 소장

기도

불빛의 바탕은 어둠이요
어둠은 또 불빛의 집이라는데

마음속 불빛이
꺼져버리고 말았으니

아, 이걸 어쩌면 좋단 말이냐
징그러운 휘황찬란이여

다만 나는 두 손을 맞잡아
고개를 숙일 뿐입니다.

친구가 권유한 풍경 - 이른 봄,
2005 - 2007, 66×51cm, 캔버스에 유채,
국립현대미술관 미술은행 소장

조춘 早春

얇은 막
알집에서
꼬물꼬물
벌레들이
기어 나오고 있다

근지러워
근지러워
이러다가는
며칠 안 가서
새싹이 나오고
꽃들도 피어나겠다

그런 날이면
사람도 잠시
꽃이 되지 않고서는
배겨날 수 없겠지.

비 나리는 풀밭,
2010, 116.8×91cm, 캔버스에 유채,
국립현대미술관 미술은행 소장

결코

정말로 화가는
그림 속에 소리를
담고 싶었을까?

정말로 화가는
그림 속에 냄새를
담고 싶었을까?

바라보고 있노라면
어디선가 들릴 듯한 소리
이 세상에는 없는 소리

바라보고 있노라면
어디선가 번져 나오는 냄새
이 세상에는 결코 없는 냄새.

원골마을 별빛 수선화밭에서 아기 강아지 찾기,
2016, 454.6×181.8cm, 캔버스에 유채,
설악산책 소장

향기에 취해

어디 있니?
도대체 어디에
숨은 거니?

엄마가 걱정한다
얼른 엄마 곁으로
돌아가자

잃어버린 강아지
한 마리
엄마 개 마음이 되어

온 동네 온 동산을
헤매며 찾으러
다니던 날

화가 선생은

몰랐을 거다

그 강아지 수선화
향기에 취해
수선화 꽃밭 사이
숨었다는 것을.

원골에 별이 빛나는 밤,
2016, 454.6×181.8cm, 캔버스에 유채

황홀

천국이 따로 없겠네

위에 있을 것 위에 있고
아래에 있을 것 아래에 있고

빛날 것은 빛나고
향기로울 것은 또한 향기롭고

바람에서도 향기가 번지고
어둠에서도 빛이 났겠거니

하늘과 별과 꽃과 언덕과
무엇보다도 어둠과……

황홀, 황홀이 더는 없었으리.

그 또한 별 밭

어둔 밤
하늘에서
빛이
쏟아지는 날

누군가의 영혼까지
따라 내려와
땅 위에
꽃이 되기도 했다

그 또한
별 밭.

기억의 강,
1991-2008, 320.5×132.5cm, 캔버스에 유채,
대전시립미술관 소장

두고 온 나라

기억만이 존재다
기억만이 현실이고
기억만이 인생이다

저 아득함
저 아득함 너머 어디쯤
망각 어디쯤
우리의 고향이 있다
우리의 유년이 있고
두고 온 나라가 있다

그냥 우리의 마음을
맡겨둘 필요가 있다
그냥 흐르고
그냥 출렁이고
그냥 슬퍼할 필요가 있다

그러다보면 우리가
두고 온 나라에 잠시
돌아갈 수도 있는 일이다.

친구가 권유한 보흥리 등굽은 나무,
2011, 73×60.5cm, 캔버스에 유채,
개인 소장

나무 어른

사람보다 오래 살아
사람보다 의젓하고
사람보다 속내 깊고
사람보다 생각이 많으신
어르신, 나무 어른

때로 찾아가 인사드린다

그동안 평안하신지요?

그러면 나무 어른
대답해주시곤 한다
그래 자네도 잘 지냈는가?
견딜 만한 것을 견디는 건
견디는 게 아니라네.

겨울이 가고 봄이 오다.
2015-2016, 227.3×181.8cm, 캔버스에 유채

친구

겨울 없이 어찌 봄일 수 있을까
고통 없이 어찌 기쁨일 수 있을까

목말랐던 나무들 잠 깨어
벌컥벌컥 물 마시는 소리

땅속에서 군시러웠던 꽃들
햇빛 속에 나와 웃고 있는 소리

더는 참을 수 없어 나도
지팡이 짚고 나왔단다

이 동산에서는 누구나 친구
보아라 눈을 들어 하늘을 보아라

나무 수풀 가지가지 사이로
흘러가는 바람의 맨살을 좀 보아라.

친구가 권유한 눈 온 풍경,
2007, 65×53cm, 캔버스에 유채,
개인 소장

안부

오래
보고 싶었다

오래
만나고 싶었다

잘 있노라니
그것만 고마웠다.

기억의 풍경 - 한적한 방앗간,
1962-2002, 40.9×31.8cm, 캔버스에 유채

마음 멀리

꿈같은 시절 있었네
사람이 자연이고
자연이 사람이던 시절

하늘 맑고 푸르고
바람은 순하고
햇빛까지 부드럽던 시절

꿈꾼 것만 같네
두 번 세상을 되풀이
거듭 산 것만 같네

마음은 길을 따라
고개를 넘고 산을 넘어
멀리 떠나기도 했었지

서둘러 돌아왔지만

아직도 돌아오지 않는
누군가의 마음도 있네.

향나무 저편 강원도 산토끼,
2021, 227.3×181.8cm, 캔버스에 유채

비의 秘意

임동식 화백 그림 보고
섹시하다 말한 젊은이 있었다
섹시는 무슨 섹시?
남녀가 성적으로 나누는
그런 섹시 말고요
생명의 충만
자연과 우주의 충만
그런 섹시 말이에요
그건 그렇구나!
임동식 화백의 그림보다 더
섹시한 그림이 또 어디 있을까!
자연 너머의 자연
인간 너머의 인간
사랑 너머의 사랑
그 비의를 젊은이가 잠시
훔쳐봤던 것이네.

산토끼 되어 치악산을 바라보다,
2021, 231×111cm, 캔버스에 유채

화백과 더불어

- 임동식 화가 박수근미술상 수상 소식에

너나없이 살기 힘들고 어렵던 시절
오로지 그림 하나만을 종교처럼
가슴에 부여안고 살았던 박수근 화백

화백님 이름으로 주어지는 미술상
박수근미술상 받은 공주의 임동식 화백
그도 역시 그림만을 부여안고 사는 사람

마음을 갈아 돌에 새겼으리
돌판에 그림이 스며들기를 바라고
돌판에서 튀어나오기를 바라기도 하면서.

마음의 원형

이 책에서 먼저는 그림이고 그다음이 글이다. 임동식 화가가 그린 그림을 보고 내가 시를 써 붙여 이 책이 이루어진 것이다. 상당 기간 서로 교감하면서도 느낀 바지만 화집의 그림을 들여다보면서도 느낀 점은 임동식 화가의 그림에는 마음의 원형이 있다는 점이다.

그 원형을 구체적으로 무엇이라고 드러내 보이기에는 내가 많이 미흡한 입장이다. 하지만 무언가 원형이 있다는 생각이나 느낌만은 분명하다. 결국 임동식이란 화가는 자신의 마음속에 숨어 있는 원형을 그림으로 드러내면서 일생을 살았다고 볼 수 있겠고, 또 그러한 과정 – 그림으로 자신의 원형을 표출하는 일 – 자체가 그의 일생이었다고 볼 수 있겠다.

조금은 비약적 상상일지 몰라도 엉뚱하게도 나는 임동식 화가의 그림과 그분의 삶을 지켜보면서, 우리나라가 1910년 경술국치를 당한 이후 수없이 많은 애국지사가 몸을 바쳐 독립운동에 헌신한 그 마음을 이해할 수 있을 것만 같았다. 그분들에게도 마음의 원형이 있었던 거다. 그 원형을 찾기 위해 자신의 목숨을 던져 불살랐던 것이다.

그렇지 않고서는 윤봉길 의사 같은 분의 '사내대장부로서 한번 집을 떠나서 결단코 산목숨으로는 돌아오지 않으리라丈夫出家生不還'와 같은 비장悲壯과 강개慷慨를 도무지 이해할 수 없는 일이다. 당시 그분의 나이 겨우 26세다.

임동식 화가는 자신의 마음의 원형을 안고 마치 독립운동을 하듯이 그림을 그리며 일생을 살아왔고 오로지 그림 하나로 인생 전체를 일관하고 건설하고 통제하면서 여타의 희생을 마다하지 않은 화가다.

이토록 그림으로 일생을 고집하고 수절守節하게 된 데에는 독립운동을 한 애국지사들이 자신의 마음속 원형을 회복하기 위해 그러했던 것처럼 임동식 화가 또한 자신의 마음속 원형을 드러내기 위한 악전고투가 아니었을까 하는 생각이다.

글 쓰는 사람 세계에서도 글과 닮아 있는 사람을 만나기는 쉽지 않다. 마찬가지로 그림 그리는 사람 세상에서도 그림과 닮은 사람을 만나기는 어려운 일이다. 하지만 임동식 화가는 그림이 바로 사람이고 사람이 또 그림인 사람이다. 비록 나는 그러하지 못했지만 그런 인물 한 분을 동시대에 만나고, 함께 이웃하여 살았음을 기쁨으로 여긴다.

그리운 날이면 그림을 그렸다

초판 1쇄 발행 2022년 10월 6일
초판 2쇄 발행 2022년 11월 25일

지은이 나태주 임동식
펴낸이 정중모
펴낸곳 도서출판 열림원

출판등록 1980년 5월 19일(제406-2000-000204호.)
주소 경기도 파주시 회동길 152
전화 031-955-0700
팩스 031-955-0661   페이스북 /yolimwon
홈페이지 www.yolimwon.com   트위터 @yolimwon
이메일 editor@yolimwon.com   인스타그램 @yolimwon

주간 김현정   마케팅 홍보 김선규 최가인
편집 조혜영 황우정 최연서   온라인사업 서명희
디자인 강희철   제작 관리 윤준수 이원희 고은정 원보람

ISBN 979-11-7040-130-8 03810